角川家の戦後

Kadokawa Haruki
角川春樹

思潮社

撮影＝日斉貞夫

角川家の戦後

角川春樹

思潮社

角川春樹　魂の一行詩

装幀＝間村俊一

目次

叛逆

放《ほう》蕩《とう》やわれに蹼《みずかき》ある夕べ

光年の銀河に蝶の紛れゆく

叛逆や銀河の砂を平《なら》しゐる

母・照子の一周忌に遺句集『すばる』を刊行

夫《つま》恋ひの母の「すばる」の爽やかに

遺《のこ》されて母の硯《すずり》を洗ひけり

ほとけとはいのちなりけり蟬時雨

蟬しぐれ五百羅漢に声のなし

すばる忌の夜空に紫蘇《しそ》の匂ひあり

紫蘇の香や母の厨《くりや》の灯《とも》るなし

母逝《ゆ》きて秋の昴《すばる》となりにけり

根源のいのちが淋し天の川
銀《ぎん》漢《かん》や俺はひとりの修羅なのだ

おのが問ひおのれが答へ夜の蟬

借りて着る浴衣身に添《そ》ふ夜の秋

衣被《きぬかつぎ》わけても母を恋ひにけり

新涼《しんりよう》や傘立てにある母の傘

淋しさに母の日傘を回しけり

歌人・宮田美乃里
いなづまや乳房ひとつを照らすなり

新涼の畳にいのち伸ばしけり

豆腐屋のこぼせる水も晩夏かな

今生《こんじょう》のその一日の酔芙蓉《すいふよう》
此《こ》の道やいのちあかりに吾《われ》亦《も》紅《こう》

昼深し葡《ぶ》萄《どう》の青を舌に載《の》せ

逢へぬ日の海より静かなる晩夏

秋の蚊の気弱に飛んで刺しにけり

夜の秋の胃の腑《ふ》やさしき奈良《なら》茶粥《ちゃがゆ》

ぶらさがる貌のをかしき九月かな

秋風や少女の四《し》肢《し》のいきいきと

曼《まん》珠《じゅ》沙《さ》華《げ》好きになってもいいですか

いなづまや抱かれて眠るぼんのくぼ

道は二つに岐《わか》れてゆきぬ吾亦紅

一行の詩《うた》にいのちや吾亦紅

いづれ死ぬこの世でありし鰯《いわし》ぐも
新《しん》蕎《そ》麦《ば》やいつしか父にこころ寄る

父ひとり星河《せいが》を渡る月の船

貌ふたつ色なき風の水鏡

稲《いな》雀《すずめ》青年は海振りむかず

みんみんや農婦のごとき朱《しゅ》唇《しん》仏《ぶつ》

ほとけよりひとの恋しき水の秋

松蝉や淋しき眉のほとけにて

浮《うき》御《み》堂《どう》の蚊に刺されたる良夜かな

秋の蚊や女《にょ》人《にん》ばかりが狙《ねら》はれて

遠き日の日暮にありて鉦《かね》叩《たたき》

秋風や赤信号の交差点

土曜日や照子の「風」の爽やかに
さびしさの齢《よわい》にかなふ零余子《むかご》飯《めし》

金借りて釣瓶《つるべ》落しの中帰る

新《しん》酒《しゅ》古《こ》酒《しゅ》弱い女になりきれず

秋風や時計は二時で止りをり

愚《ぐ》痴《ち》多き女と寝たる夜長かな

とろろ飯金歯を見せて喰《くら》ひけり

秋蠅や総務部長の水曜日

出もどりの女が秋刀魚《さんま》焦がしけり

まだ少し死には距離ある曼珠沙華

栗飯や篠《しの》つく雨の夜となりぬ

むぎとろや神田に雲のかぎりなし

鳩吹くや女体がもてる悲の器

老人が鳩吹いてをり木曜日

まつすぐにまつすぐに翔《と》べ秋の鷹《たか》

雁《か》来《まつ》紅《か》や直立せよ一行詩

蓑《みの》虫《むし》や遥かに山河うごかして

銀漢の底に獄《ごく》舎《しや》の鮫《さめ》眠る

月の萩いのちしづかに老いるものか

秋風や色鉛筆の赤と青

営業部釣瓶落しの金曜日

金曜の冷やかなりし添《そい》寝《ね》妻《づま》

母遠し父なほ遠し木《こ》の実《み》雨

姉弟《きょうだい》の齢《よわい》あかりにとろろ汁

片減りの靴を揃へて十三《じゅうさん》夜《や》

鶏《けい》頭《とう》や胸の怒《ど》濤《とう》の静まらず

日本語のうつくしきゆゑ雁《がん》来《らい》紅《こう》

赤い羽根つけて愚かな月曜日

こころいま遠くに置きて菊枕

菊枕雨にふくらむ置《お》き屋《や》の灯

その下の紅葉掃《は》きゐる紅葉寺

鵙《もず》びより黒いブーツを履《は》きにけり

一九六〇年、歌人・岸上大作自殺

身に込《し》むや岸上のゐぬバリケード

氷河期の火の記憶あり火の恋し

老《ろう》醜《しゅう》を晒《さら》す鴻《こう》司《じ》や木の実落つ

晩《ばん》節《せつ》を汚《けが》してならじ冬紅葉

秋燕忌は、父・源義の忌日

草に木に静かな雨や秋燕《しゅうえん》忌

火曜日の昼のデスクの落花生《らっかせい》

ゆく秋や靴屋に靴を履《は》きながら
長き橋歩いて渡る秋の暮

夕焚火ものみな遠くなりにけり

京都駅時雨の傘を畳みけり

悴みてKに詫び状書いてゐる

短日や暗き灯に売る京の菓子

酢《す》牡《が》蠣《き》食べ淋しき齢《とし》と思ひけり

湯豆腐や雪にかはりし嵯《さ》峨《が》の雨

日曜の陽だまりにゐる木《こ》の葉髪

吸入器古き時計の鳴りにけり

わたくしが静かに腐るクリスマス
ポインセチア愛されてゐるのだらうか

ろんろんと獄の光《こう》陰《いん》つもる雪

角川家の戦後

にんげんの生くる限りは流さるる

百年の昼寝の覚めて戦後かな

向日葵《ひまわり》や角川春樹の肖像画

蛇打つて途方《とほう》にくるる日暮かな

日曜日積木の家のすぐ崩れ

家族といふ動かぬ闇の晩夏かな

木槿《むくげ》夕雨《ゆうさめ》しきりに花を落としけり

木槿夕雨うしろからひとのこゑ

歳月の凡《ぼん》に落ちつく零《む》余《か》子《ご》飯《めし》

文《ぶん》弱《じゃく》の二等兵なりし稲《いな》雀《すずめ》

蓑《みの》虫《むし》の揺れゐる角川家の戦後

夕紅葉幽《かす》かに雲の過ぎる音

虎落笛《もがり》遠い記憶の電話鳴る

蕎麦掻《そばがき》の父よ眼鏡を曇らせて

蚯蚓《みみず》鳴くおのれ遠しと思ひつつ

熱《あつ》飯《めし》に卵を割つて冬に入る

風《ふ》呂《ろ》吹《ふき》やいのちぬくもる一行詩

たくわんや日本を殺す日本人

初時雨とはあの山のあのあたり

蕎麦搔やしづくのやうな日暮来る

裸木《はだかぎ》を見てゐて何も見てをらず
チャプリンの靴落ちてゐる冬並木

寒椿ほんたうの空ありにけり

たましひとなるまで冬の蝶とべり

いつ死ぬるどこで死ぬるか冬かもめ

煮《に》凝《こごり》や父連れて母来るごとし

母の世の風吹いてゐる返り花

あの日あの日の父に似て悴《かじか》めり

遠い日の火を蔵《ぞう》したる寒椿

綿虫や立山はもう雪ですか

火事ひとつ見ゆる遠くに海が鳴る

空《くう》襲《しゅう》の火の記憶あり冬銀河

めつむればひとりの闇の鰤《ぶり》起《おこ》し
鰤起し記憶が液《えき》化《か》してをりぬ

柿の木に雪降る父の生家《せいか》かな

骨壺の中の生家も吹雪ゐる

立山に雪降る角川家の戦後

鰤起しわが青春の修羅がゐる

冴《さ》ゆる夜の家《か》霊《れい》憑《つ》きくる魔《ま》法《ほう》瓶《びん》
角川家見事な葱を刻むなり

例ふれば夜のこころの桐《きり》火《ひ》桶《おけ》
蔵の中誰かが手《て》毬《まり》ついてをり

鰤起し祖霊棲みつく家を捨つ

家族といふ闇恐ろしき雪女郎

白《はく》炎《えん》を引き月光に雪《ゆき》嶺《ね》顕《た》つ

激《たぎ》つ瀬の谺《こだま》あい打つ冬銀河

柚子《ゆず》は黄に黄は柚子になり角川家

蠟《ろう》石《せき》のへのへのもへじ寒《かん》夕《ゆ》焼《やけ》

時雨つつ夜に入りけり鮟《あん》鱇《こ》鍋《なべ》

三味線と煙《き》管《せる》の箱と吸入器

風呂吹やとなりの部屋に床ふたつ

侘《わび》助《すけ》や雪を被《かず》きし尼の寺

風花《かざはな》の花見《はなみ》小路《こうじ》でありにけり

裏門の扉《と》を閉めてをり寒椿

熱《あつ》燗《かん》や卯《う》波《なみ》に波《は》郷《きょう》真《ま》砂《さ》女《じょ》なし

熱燗や淋しき父に到りつく

遠火事のごとし角川家の戦後

北《きた》塞《ふさ》ぐ死者はしづかに犇《ひしめ》きぬ

風花《かざはな》や青き晩年見ゆるなり

煮凝《にこごり》や雨の中なる雨の音

引き算の半生なりし悴《かじか》める

白鳥のつばさ傾むく冬銀河

母ひとり子ひとりおでに突《つっ》きけり

脱獄の寒さ骨から始まりぬ

夕凍《し》みのいつもどこかに蝶つがひ

放《ほう》蕩《とう》や鳥《と》羽《ば》僧《そう》正《じよう》の日向ぼこ

寒《かん》昴《すばる》地球に宣戦布告する

個々にして無数のいのち冬銀河

湯豆腐やわれを過ぎゆくわれのこゑ

水晶の虚《こ》空《くう》を翔《と》べり冬かもめ

討ち入りの日や茹《ゆ》であがる蛸《たこ》の虫

水《みず》洟《ばな》や飽き飽きしたるおのが貌

煮凝やいつも無口な父なりし

悼・塚本邦雄

滅《めっ》相《そう》もござらぬ冬の献血車

なんにもない光の中の冬の川

人を焼く煙の見ゆる時雨かな

降る雪や筐《はこ》から筐を出す遊び

ポインセチア不意に淋しくなりて買ふ

牡蠣《かき》食つて身の何処《いづく》より海鳴りす

歳末の荻窪銀座に母のゐる

熱き茶を啜《すす》りてゐたる冬至かな

角川一族冬至南瓜《かぼちや》を煮てをりぬ

数へ日の雨の広島駅にあり

試写室の椅子に大和の兵がゐる

数へ日の大丸デパート抜けにけり

歳晩の帽子に昼が来てをりぬ

鏡餅平成すでに老いにけり

年ゆくや戦艦大和の兵の霊《たま》

年を越す銃弾ひとつありにけり

歳晩の沖のやうなる角川家

年ゆくや記憶の沖に光る沼

生きてゐる限りは詩《うた》や根《ね》深《ぶか》汁《じる》

年を越すわがたましひの脱け殻《がら》も
去《こ》去《ぞ》今《こ》年《とし》ひかりの水《み》尾《お》の通り過ぐ

昨日あり今日あり年の移りけり

元日の汽車闇に着き闇に発《た》つ

孤独なる魔王が餅を焼いてをり

寝正月青い卵になつてゐる

ながながとこの世に生きて餅焦がす

雪あかり齢《よわい》あかりに角川家

定年

墓守の花守となる日暮かな

漢《おとこ》ひとり叫び葦《あし》原《はら》に火を放つ

百ワットの下で死にゆく案山子《かかし》かな

定年や釣瓶落しの鍵ふたつ

りんご掌に青空ばかり見てをりぬ

昨日といふ日の影のなし秋の暮

古書街に珈《コー》琲《ヒー》の香のありて冬

綿菓子のやうな一日葱《ねぎ》を焼く

定年や午後の落葉を焚いてをり

鵙《もず》日《び》和《より》いまだ渡らぬ橋ひとつ

風呂吹《ふろふき》やいのちあるだけ生きるんさ

魔の山の狼が来る大枯野

走る走る狼走る荒地かな

ガウディの椅子に冬日の余すなし

たくわんや虫歯に泣きし大男

蓑《みの》虫《むし》のやうな冬日の管理職

男老いて萎《な》えてはならじ寒椿

枯《かれ》蟷《とう》螂《ろう》不安が夜《よ》半《わ》に孵《ふ》化《か》したる

定年や冬青空が今日もある

大根を煮て信念のくつがへる

万両や老いて艶《つや》めく能役者

雑《ぞう》炊《すい》を温《ぬく》めなほしてふたりきり

半分の豆腐を買つてクリスマス

とある日の赤いコートの娼婦の喉

白骨の街の夜景やクリスマス

聖《せい》一《いち》夜《や》少女汚《けが》るることなかれ

牡蠣《かき》鍋《なべ》や不良未満の女たち

火を高く枯野を走る漢《おとこ》あり

煤《すす》逃《に》げの老人がゐるプールかな

家ぢゆうに冬が来てゐる老後かな

降る雪や人魚の腹の裂かれゐる

レノン忌の冬の夜空に発砲す

冬の虹天に祭のあるごとし

天皇の日や淋しくてオムレツ焼く

死後通る月光坂の冬銀河

冬銀河はるかなものは遥かなり

昼過ぎの埃《ほこり》ざらつく社会鍋

風花の近江《おおみ》今津《いまづ》で降りにけり

遠きデモおでん煮えつつありにけり

白骨の街に八時の鮫がゐる

鯨煮えつつ定年の昼さがり

火消壺日《ひ》に日《け》に星の殖ゑにけり

風花の夕べマリアが血を流す

胸底に青鮫がゐる夜の沼

おでんの灯淋しき貌の並びたる
数へ日のひと日ひと日の夕ごころ

数へ日の夕日の中や実《み》南《なん》天《てん》

ヒトラーが冬の歩道に佇《た》つてゐる

綿虫の真昼の道を魔王来る

一《いち》穢《え》なき空に手を埋《う》め悴《かじか》めり

老人や冬日を当てて銃を買ふ

冬の空弱電流の流れをり

数へ日の光の中を歩きけり

蒼き狼北の大地を駆けて来よ

とほく来て遠く戻りて餅焦がす

福《ふく》寿《じゅ》草《そう》おのがいのちを照らすなり

福寿草悲しき嘘をつきにけり

数へ日の大阪駅で別れけり

見えざりしものを焚きをり年の暮

桃色の海月《くらげ》と年を惜しみけり

ゆく年の夕日は波にしづみけり
星空に第九流るる大晦日《おおみそか》

去年《こぞ》今年《ことし》しづかに紅のこぼれゐる

餅焼くや昼をしづかにゐてひとり

粥《かゆ》柱《ばしら》あめつち響きあふごとし

楪《ゆずりは》の日あたりながらこぼれけり

逢へぬ日の日記始めに恋の詩《うた》

初雪や有《う》髪《はつ》の尼の深まなざし

善人も悪人もゐる賀状かな

粥柱血縁遠くなるばかり

書き割りの新宿がありあかり

鎌倉に昼の月ある破《は》魔《ま》矢《や》かな

初富士やいちまいの海展《の》べんとす

獅《し》子《し》頭《がしら》真赤な口を開きけり

竹林の奥に日の射す寒《かん》九《く》かな

くろがねの寒九の水を飲みにけり

寒《かん》鰤《ぶり》や太古のままの沖の闇

大《だい》寒《かん》や遠く日の射す道があり

水餅や寒九の水を摑《つか》みけり

星空のこぼるるばかり姫はじめ

楪《ゆずりは》や日本に矜《きん》持《じ》ありますか

金子兜太

粥《かゆ》柱《ばしら》秩《ちち》父《ぶ》の与《よ》太《た》のふぐり老ゆ

根つからの与太の兜太《とうた》が餅焦がす

狼の夜となる贅肉《ぜいにく》なき詩人

獄の冬ペニスは暗い森となる

海鼠

この秋は名もなき月の海鼠《なまこ》かな

花の糶《せり》終へて小《こ》春《はる》の水ながす

死ぬ人に黙つて海鼠飼ひにけり

三島忌や蠅取り紙の垂れてゐる

鮫捌《さば》く三島由紀夫の忌なりけり

三島忌の帽子の中の虚《こ》空《くう》かな

返り花逢へば淋しくなりにけり

抽《ひき》斗《だし》の情死を探す海鼠かな

臘《ろう》梅《ばい》のこぼれて青い海がある

なにもゐぬ水に暗さの冬至かな

かの海鼠まだ生きてゐる殺すなよ

天皇の日や信長を殺すべし

天皇の今日も短き日なりけり

降《こう》誕《たん》祭《さい》スープをくぐる銀の匙《さじ》

降誕祭赤い言葉をこぼしけり

自画像は海鼠でありし夜の涯《はて》

数へ日や死にたる人の名刺焼く

数へ日の水車がこぼす水の色

階段に腰掛けてゐる海鼠かな

浅草の女将《おかみ》に今日の寒さ言ふ

ゆく年のマクドナルドの二人かな

ゆく年のバスはもう行つてしまつた

大年の夕日がそこに海鼠桶

笛吹いて銀河に年の立ちにけり

産《うぶ》土《すな》の笛の聴こゆる雑煮かな

鰻《うなぎ》屋の二階に年を惜しみけり

たましひの青き水《み》尾《お》曳く去《こ》年《ぞ》今《こ》年《とし》
鰭《ひれ》を垂れいのちしづかに年迎ふ

たましひの宿《やど》る樹があり年移る

楪《ゆずりは》や空つつぬけに晴れわたり

わが魂《たま》の太刀《たち》抜き放つ今年かな

初空にきのふの影の残りゐる

初風呂や海鼠のやうなふぐり拭く

初春のいのちを運ぶ一行詩

あらたまの茅《ち》の輪《わ》を潜《くぐ》るいのちかな

年玉の珈琲《コーヒー》を濃く淹《い》れにけり

晩年や今年の水の流れをり
生きる走る生きる走る今年かな

楪や火宅の人の血を継ぎぬ

他《た》愛《あい》なく屠《と》蘇《そ》に酔ひたる海鼠かな

餅焼くや虚《むな》しく青き午後の空

楪や何かに押され行く齢《よわい》

獅子舞の二人が蕎麦を食べてゐる

初富士や日輪眉にぶらさがる

はるかなる獄の海鼠の賀状かな

娑《しゃ》婆《ば》からの賀状に夕日こぼれをり

繭《まゆ》玉《だま》や老《ろう》妓《ぎ》の礼《あや》のうつくしき

ひそやかな老妓のたつき実《み》千《せん》両《りょう》

次の間に枕がふたつ団子花《だんごばな》

姫はじめどこへもゆける海鼠かな

餅焼くやわが荒《あら》魂《たま》のしづかなり

褻《け》も晴もなき昼にゐて粥《かゆ》柱《ばしら》

粥柱妬《そね》み心の世を捨てず

ひつそりと七日の過ぎぬ人の門

昼過ぎの灯の淋しさに薺《なずな》打つ

楪や大和の海の静かなり

獅子舞や七日の富士を見てをりぬ

大阪新町の遊女夕霧大夫の忌日

夕霧《ゆうぎり》忌夢の中にも積もる雪

地にひびく寒九の雨となりにけり

酢《す》海鼠《なまこ》やひとりの旅のひとりの餉《げ》

猿田彦

古来、死者との婚姻を幽婚といふ

幽《ゆう》婚《こん》といふ恋のあり寒《かん》昴《すばる》

神に嫁《か》す妻が枯野の沖にあり

幽婚の妻の名を呼ぶ冬月夜

雑《ぞう》炊《すい》やいつも胸には夜の崖

骨の妻クリスマス・イヴの裸婦となる

降誕祭彼《か》の世の妻と踊りけり

降誕祭黒いマリアが笑ふなり

クリスマス・ケーキ小さき老後かな

ポインセチアもう美しい齢《とし》じゃない
熱《あつ》燗《かん》や恋ともちがふ仲であり

短日や紅茶が溶かす角砂糖

牡蠣《かき》啜《すす》り生涯不良をころざす

ポインセチア火傷《やけど》も知らず終りさう
雪をんな愛の一語は虚《きょ》か実《じつ》か

橋のなき銀座に泣いて雪をんな

雪女郎かりそめならぬ恋をして

火の山の大草原に猿田彦

太《たい》初《しょ》の空細《う》女《ずめ》が赤い手《て》毬《まり》つく

高《たか》千《ち》穂《ほ》の鬼なつかしや薬《くすり》喰《ぐ》ひ

夜神楽の焚《たき》火《び》に星空下りてくる

星空へ真冬の坂を登りけり

夜神楽の夜が来て鬼が来つつあり

星空に神の天降《あも》りし山眠る

星座あり鬼降る森の神遊び

くらがりに鬼を守りて神楽宿

天の川北に縄文遺跡あり

夜神楽の神と鬼とが酔ふてをる

冬の川紅葉の中を流れけり

神々も諍《いさか》ひすなり遠《とお》蘆《あし》火《び》

天《てん》孫《そん》のすべつてころんで眠る山

夕空に碧ひとすぢの冬の川

大根《だいこ》引く没《い》り日に神楽始まりぬ

寒昴稚《おさな》き神が母を恋ふ

星空に昇る紐あり神楽笛

木星の彼方に吹雪く海がある

白鳥のつばさ濡れゐる天の川

いづこよりわれを呼ぶこゑ冬銀河

夜神楽の指の欠けたる手《た》力《ぢから》雄《お》

村長が猿田彦なり里神楽

神の役終へ高千穂に雪が降る

田の神の山に戻りて眠りけり

冬眠の蛇を起して耕せり

寒雷《かんらい》や神にも恋の妬《ねた》みあり

猿田彦の掌《て》にみづいろの寒卵

冬至南瓜《かぼちゃ》和をもつて尊しとせず

赤光《しゃっこう》のいのちに年の暮るるなり

ゆく年の銀河にわが名呼ばれけり

去年今年《こぞことし》糞《ふん》ばつてゐる穀《ごく》潰《つぶ》し

去年今年ひとりの部屋の福寿草《ふくじゅそう》

半玉《はんぎょく》に小指を噛《か》まれ寝正月《ねしょうがつ》

寝正月半熟卵になつてゐる

遠くより日の差してくる二日かな

買初めの色うつくしき和菓子かな

初《はつ》点《て》前《まえ》膝に十指を正しけり

獄中に鮫《さめ》が来てゐる三日かな

人《ひと》の日《ひ》の雨の障子を閉めにけり

伝来《でんらい》の太刀《たち》を飾りて薺《なずな》打つ

水餅や雪後《せつご》の天の真青なり

あをあをと寒九の空の流れゐる
青空に翔《と》ぶもののなき寒《かん》九《く》かな

成人の日の青天を鷹翔《か》ける

海暮れて波ともならず浮寝鳥

立春の柿の木坂を歩きけり

一脚の椅子に二月の海がある

悪《あく》霊《りよう》を待つ紅梅の日暮かな

あとがき

角川春樹

「魂の一行詩」とは、日本文化の根源にある、「いのち」と「たましひ」を詠《うた》う現代抒情詩のことである。古来から山川草木《さんせんそうもく》、人間を含めあらゆる自然の中に見出してきた〝魂〟というものを詠うことである。

一行詩の根本は、文字通り一行の詩でなければならない。

俳句にとって季語が最重要な課題であるが、季語に甘えた、あるいはもたれかかった作品は詩ではない。芭蕉にも季語のない一行詩は存在するのだ。私にも季語のない一行詩がある。

老人がヴァイオリンを弾く橋の上
泣きながら大和の兵が立つてゐる

ただ、詩といっても五七五の定型に変わりはない。五七五で充分に小説や映画に劣らない世界が詠めるからである。

また、秀れた俳句は、秀れた一行詩でもある。従って俳句を否定しているわけではない。本意は「俳句的俳句」、技術論ばかりの小さな「盆栽《ぼんさい》俳句」にまみれている俳壇と訣別《けつべつ》することだからである。

今、私は「俳句」という子規以来の言葉の呪縛から解き放たれ、独立した。

「魂の一行詩」という名称を提唱するのも、俳壇外のより多くの人々にアピールするためである。この運動は短詩型の「異種格闘技戦」であるから、詩、短歌、俳句、川柳、それぞれの出身のかたがたに是非、「魂の一行詩」のステージに上がられることを望む。

角川家《かどかわけ》の戦後《せんご》

著者　角川春樹《かどかわはるき》
発行者　小田久郎
発行　株式会社思潮社
〒一六二-〇八四二　東京都新宿区市谷砂土原町三-一五
電話　〇三-三二六七-八一五三(営業)・八一四一(編集)
ファクス　〇三-三二六七-八一四二　振替〇〇一八〇-四-八一二一
印刷　凸版印刷株式会社
製本　小高製本工業株式会社
発行日　二〇〇六年五月二十五日初版第一刷
二〇〇六年七月　一　日初版第二刷